长久的生命

（生活方式医学入门手册）

Translated to Chinese from the English version of
A Long and Lasting Life

Rhodesia

Ukiyoto Publishing

所有全球出版权归

Ukiyoto Publishing

2024 年出版

内容版权所有 © Rhodesia

ISBN 9789367952535

版权所有。

未经出版商事先许可，不得以任何形式（电子、机械、影印、录音或其他方式）复制、传播或存储本出版物的任何部分。

作者的精神权利已得到维护。

本书出售时须遵守一项条件，即未经出版商事先同意，不得以任何形式的装订或封面（除出版时的形式外）通过贸易或其他方式出借、转售、出租或以其他方式传播。

www.ukiyoto.com

我将这本书献给我的母亲，她最近刚刚庆祝了她的钻禧纪念日，还有我的孩子们，莉安娜和奥斯洛格，热切地希望他们也能享受长久而持久的生活。此外，我将这本书献给所有希望长寿并不断寻求知识或实现长寿秘诀的人们。首先，我要把这本书献给全能者，只有他在我们出生前就知道我们在世上能活多久。

对于我可能永远不会见到的所有朋友和患者来说，这本书是献给你们的。

致谢

本书的大部分内容来自我最近的生活方式医学培训中所学到的知识。我发现这些知识太好了，不能不在更广泛的平台上分享，我选择这本书来倡导生活方式作为治疗和预防慢性疾病的方法。

在这方面，我要感谢菲律宾生活方式医学院的导师——Meschelle Acero Palma 博士、Eden Jusay 博士和 Bysshe Fernan-Sta 博士。克鲁兹。非常感谢您耐心地分享您的火炬的光芒。感谢培训期间的同事和队友，Patrick Tan 博士、Sidney Ngo 教练、Ragie Ciano 教练、June Ann De Vera 博士、Keno Davales 博士、Kim Cobarrubias 博士、马博士。感谢 Olivia Ogalesco、Nastasha Reyes 博士、Minnie Rose Estorque 博士以及其他同学分享见解，丰富我们的学习轨迹。

我还要感谢 Ukiyoto Publishing 帮助我将这本书传播给全世界，以及感谢 Scribblory 通过我们的导师 Elaine Factor 女士耐心地指导我们完成书籍的制作过程。我同样感谢我在梦想书项目中认识的朋友——Nays、Angie、Doc Abby、Swetha、Ridhima 和 Zia，他们在我们的学习课程中分享了他们的见解。

我感谢 Medgate 菲律宾大家庭，从医务人员到团队领导和医疗助理，他们是我的新家人，在我所有的爱好和激情上都给予我培养和支持。谢谢你们，朋友、导师、同事和家人。祝福您长命富贵、幸福美满！

前言

本书旨在介绍生活方式作为预防和治疗疾病的一种方式，并在此过程中帮助读者避免可预防的早逝和生活方式疾病的困扰。这些生活方式疾病包括冠状动脉疾病、中风、2型糖尿病和癌症，困扰着现代社会。无论此类疾病和事件在我们当代环境中多么常见，世界上仍有一些地方，例如冲绳、巴布亚新几内亚、中国农村、中非和墨西哥北部的塔拉乌马拉印第安人，冠状动脉和脑血管疾病并不常见。

在记者丹恩·布特纳（Dann Buettner）所做的著名研究中，他发现世界上某些地区存在着大量活过90岁的老人。他将这些地区称为"蓝色区域"，包括撒丁岛（意大利）、伊卡利亚岛（希腊）、冲绳岛（日本）、尼科亚（哥斯达黎加）和洛马琳达（加利福尼亚州）。在撒丁岛，他们吃自己狩猎、捕捞和收获的食物，并且一生都与朋友和家人保持着亲密的关系。伊卡利亚岛的痴呆症发病率最低，那里的居民习惯锻炼和地中海饮食，多吃水果和蔬菜，饮用迷迭香、鼠尾草和牛至抗氧化草药茶，过着轻松的生活方式。在冲绳，他们可以培养将艰难经历留在过去的心态，享受当下的简单快乐，饮食中要富含蔬菜、大豆（如豆腐和味噌汤）以及生姜和姜黄等草药。虽然加勒比地区经济稳定，医疗条件优良，但尼科亚人也倾向于与大家庭一起生活，比如子孙后代，他们为老年人提供支持和目标感，饮食也包括南瓜、玉米和豆类，傍晚吃点清淡的晚餐。最后，加利福尼亚州洛马琳达的基督复临安息日会信徒大多是素食主义者，不吸烟也不喝酒，具有坚定的信仰和社区意识，并且经常锻炼身体。这些人以其相当简单的生活方式和文化，几个世纪以来已经证明了生活方式对促进健康和长寿的有效作用。

本书中提出的规则相当基础，没有需要采取或执行的新化学品或程序，但探讨了几个*纵向研究*（经过几十年的艰苦研究才看到结果），以及 **大规模临床试验**（涉及全球数千人的研究，以证明其在不同文化和种族的有效性）。因此，这些做法或生活方式被证明可以有效延长平均寿命，防止不健康生活方式引起的疾病。明智的做法是考虑到还有其他个人风险因素会缩短寿命，例如事故、传染病或不可预见的事件，这些不在本书的讨论范围内。

最后，生活方式医学是一个蓬勃发展的医学领域，它提供有助于缓解生活方式疾病的循证实践。虽然口服药物可以暂时控制或缓解症状，但健康的生活方式可以提供可持续的、更持久的效果，有时甚至可以缓解高血压或糖尿病。本书仅旨在介绍、增强和促进生活方式医学。它无论如何都不能替代生活方式医学专家的实际咨询。请读者咨询生活方式医生或团队，以获得最佳帮助，保持健康的生活方式，预防和治疗慢性疾病，并延长寿命。

内容

第一章 证据	1
第 2 章 - 你准备好了吗？？？	5
第 3 章 - 生活方式医学的 6 大支柱	10
第 4 章 - 健康饮食	15
第 5 章 - 体力活动	20
第 6 章 - 恢复性睡眠	25
第七章 - 避免接触危险物质	30
第 8 章 - 压力管理	34
第九章 - 积极心理学	39
第 10 章 - 结论	46
参考：	51
关于作者	*54*

第一章 证据

"藐视古人所获得的知识的医生是愚蠢的。" ～希波克拉底

你更愿意成为哪一个人？一个 65 岁的人继续和你的伴侣一起度过安静的早晨在公园散步，还是一个 65 岁的中风患者继续由你的伴侣照顾直到生命结束？一个 75 岁的人仍然可以和你的孙子们一起玩耍、讲故事，看着他们长大？还是一个 50 岁的人死于心脏病，无法供养你的女儿完成大学学业？

尽管当时我们所有故事的结局似乎都是不可避免的，但这些只是我们几十年前做出的一系列选择的最终结果。选择吃什么食物——蔬菜还是五花肉？我们该如何度过自己的时间呢——看一整天的电视还是每天锻炼20分钟？因轻微的冒犯而冲动而愤怒地做出反应，还是闭上眼睛，呼吸，并保持专注？人生有目标吗？还是只是受环境左右？拥有有意义的关系还是避免社交互动？抽烟还是不抽烟，喝酒还是不喝酒，尝试禁药还是不尝试。正如谚语所说，生活只有向后才能理解，但必须向前去生活，但对于一些人来说，这种认识可能有点太晚了。

大多数生活方式疾病都是隐匿性的。例如，高血压被称为"无声杀手"。初期可能没有任何症状，但随着血压慢慢升高，小动脉等血管会变硬，对心脏、眼睛、肾脏等器官造成不可逆的损害，直到某一时刻脑血管无法再承受压力而爆炸，这种情况称为中风或脑卒中，通常是致命的。和所有其他生活方式疾病一样，血糖、胆固醇、血压或尿酸可能一开始只是*升高*，但如果长期持续升高，就会对眼睛、肾脏、心脏、肝脏和大脑等不同器官造成损害。这些*终末器官损伤*会累积并导致 *终末器官衰竭*，即器官无法为身体发挥其重要功能的状态。一旦

肾脏衰竭，人将不可避免地终生依赖血液透析。当心脏的血液供应受到损害时，还会带来进一步的痛苦，例如出现剧烈的胸痛。同样，当尿酸沉积在关节时，痛风性关节炎的疼痛也是令人难以忍受的。更糟糕的是，当大脑的血液供应也受到损害时，中风会让人变得虚弱，从而带来更大的沮丧。所有这些最终都会导致过早死亡。当我们即将实现长久、持久、高质量的生活时，难道这就是我们希望在世上度过的最后时光吗？

然而，对于我们自己的健康和长寿这样重要且私人的事情，我们所做的任何干预都应该以确凿的证据为基础。医学上有句格言叫做"*primum, non nocere*"，即*首先不伤害*，并且要求在每次增加或删除干预措施时都要有坚实、可靠的知识基础。因此，首先必须回答这个问题：我们对自己的所有主张有多确定？这是事实吗？这些真的有效吗？我们怎样才能证明这一点？我们的证据是什么？

有充分证据表明生活方式是与心肌梗塞和中风相关的可改变的危险因素。在Interheart 研究中 他们分析了来自52个国家的数据，并于2004年发表在著名杂志《柳叶刀》上，发现吸烟、腹部肥胖和社会心理因素会增加心脏病发作的风险，而每天吃水果和蔬菜以及定期进行体育锻炼则具有保护作用。同样，在《柳叶刀》杂志上发表的*Interstroke 研究*中 2016 年，他们开展了一项覆盖 22 个国家的研究，结果表明高血压、吸烟、腰臀比、饮食风险评分、酒精摄入量和社会心理压力都是*缺血性中风*（因供应大脑某一区域的血管堵塞而导致脑卒中）的风险因素。另一方面，高血压、吸烟、腰臀比、饮食和饮酒是出血性中风的重要风险因素。*出血性中风*是一种脑内血管破裂的致命疾病。

相反，健康的生活方式能*逆转*冠心病吗？这可能是一个令人望而生畏的断言，但 1998 年发表在《柳叶刀》上的*生活方式心脏试验表明* 即使没有服用降胆固醇药物，接受低脂素食、戒烟、进行压力管理训练和适度运动的人的心脏血管堵塞也明显减少。减少堵塞或打通供给心脏的血管这一目的曾被认为只有通过血管成形术和冠状动脉搭桥术才能实现，但这些手术属于侵入性手术，伴随而来的是风险，而且费用高昂，许多人难以承受。此外，研究进一步表明，即使在心脏病发作后，地中海饮食也能降低再次心脏病发作的风险，如《循环》杂志上发表的《里昂饮食心脏研究》中所述 1999年。

1945年，美国战时总统富兰克林·罗斯福因出血性中风和高血压性心脏病去世。此后，人们投入了大量的资金和精力来研究和确定高血压、心脏病和中风的病因及可能的治疗方法。**在此之前，人们认为因高血压和心脏病导致的早逝是不可避免的。**1948年至1952年间，约有5000名受试者参与了一项持续数十年的研究。*弗雷明汉心脏研究*最终确定了高血压、心脏病和中风的风险因素，并且 *可以改变或避免其中一些风险因素以预防这些致命的疾病。*他们发现吸烟、肥胖和缺乏运动与冠状动脉疾病、高血压、糖尿病和高胆固醇有关。高血压和心律不齐与中风风险有关。*由于高血压治疗、胆固醇降低、戒烟和健康生活方式运动，50 年来因心血管事件导致的死亡人数有所下降。*

与弗雷明翰心脏研究相一致的是，*健康专业人员跟踪研究*表明，不吸烟、体重指数低于 25、每天进行 30 分钟的体育活动以及适量饮酒可使患心血管疾病的风险降低 87%。*多重风险因素干预试验（MRFIT）* 进一步表明，风险因素较低的人的预期寿命可延长6至10年，患心血管疾病的风险更低，死亡风险降低40-80％。同样，*芝加哥心脏协会检测项目*表明，中年时期的风险因素越少，老年时的生活质量就越好，因疾病和残疾而产生的成本也越少。

另一项历时数十年的前瞻性试验是*护士健康研究*，该研究于2005 年公布了其结果，表明超过 50% 的癌症病例实际上可以通过采取健康的生活方式来预防。他们表明，饮酒与乳腺癌风险的增加有关，与其他风险因素无关，而体力活动可以降低乳腺癌风险，尤其是对于绝经后妇女。他们建议不要吸烟，多运动，保持健康体重，多吃水果蔬菜、全谷物和纤维，少吃饱和脂肪和反式脂肪，每天服用复合维生素，避免长期使用绝经后激素疗法。事实上，事实表明，80%的过早死亡仅由三个因素造成：烟草、不良饮食和缺乏身体活动。

值得注意的是，这里提到的研究不是孤立的研究、推荐书或小规模的研究。这些研究涉及大量人群，因此结果和结论能够反映一般人群的真实情况。这些研究大多是队列研究，这意味着对研究中的对象或人员进行几年后的跟踪，以确定因果关系，或所考虑的因素与可能的影响之间的直接联系。这些研究也发表在知名期刊上，这意味着这些研究在发表之前已经经过同行评审或编辑委员会和其他专家的审查。尽管结果和方法很简单，但结论是经过数年的艰苦研究才得出的。

放眼未来，2014 年发表在美国临床营养学杂志上的*基督复临安息日会健康研究*是一项大规模的队列研究，并随着时间的推移不断进行。他们表明，素食与较低的身体质量指数（BMI）、患糖尿病、代谢综合征、高血压和癌症的可能性较低有关。2002年发表在《糖尿病护理》杂志上的"*糖尿病预防计划*"也是一项在27个中心进行的大规模随机临床试验，旨在确定健康的生活方式或药物二甲双胍是否可以预防或延缓糖耐量受损患者的糖尿病发作。他们发现，生活方式干预使糖尿病的发病率降低了 58%，而二甲双胍只能使糖尿病的发病率降低31%。

如上所示，有大量证据表明，健康的生活方式可有效预防和减轻高血压、糖尿病、中风、冠状动脉疾病和癌症等生活方式疾病。就在您阅读的同时，还有人在不断地细致地进行研究，以验证知识库和证据。由于确凿的证据，生活方式医学已经被纳入慢性病管理医疗指南中作为一线和辅助治疗及预防方式。保持健康的生活方式确实相当简单和基本，但事实已无可置疑，它可以延长我们的寿命。

第 2 章-你准备好了吗？？？

"知道病人得了什么病，远比知道病人得了什么病更重要。"
～希波克拉底

健康生活方式的好处始于习惯的改变，持续这样做会对我们的健康和长寿产生积极的影响。它可能是戒烟、在日常饮食中加入更多的蔬菜、每天睡眠 7 个小时或每天进行 20-30 分钟的适度体力活动。然而，一切仍需从改变开始，而对于我们这些习惯动物来说，改变可能不是一件容易的事。

人们常常过早地被贴上无望或无法改变的标签，而事实是，他们尚未准备好改变。在生活方式医学中，我们根据*跨理论模型*来跟踪人体改变的准备情况。也称为*变革阶段模型*，这是由Prochaska 和 DiClemente 在 20 世纪 70 年代后期在研究那些已经做好准备并能自行戒烟的吸烟者时开发出来的。该模型阐明，行为改变不是个人在某一特定时刻果断做出的举动，而是可能经历多个阶段。这些阶段包括：前沉思、沉思、准备、行动、维持、复发和终止。

在*预沉思*阶段，心灵尚未接受改变的可能性。这个人可能没有意识到行动的好处或不作为的危害，常见的对话是，*我不能，我不会，我拒绝，我不认为我需要改变，* 和 *我不想谈论它*。让我们来探讨一下乔治的问题，他是一名 35 岁的吸烟者，每天吸 10 支香烟，已经吸烟 15 年了。他可能会说："我不认为我需要戒烟，因为我感觉很好，而且状态很好。"我抽烟的时候看起来帅气十足，很有男人味，而且我看到很多老人还在抽烟。"这里的目标是通过逐渐向人们的意识中引入改变的可能性、改变的好处以及接受改变的能力来提高人们的意识。因此，我们可能会向他展示吸烟的危害，例如，"乔治，你知道吗，吸烟会导致阳痿，因为它会阻碍血液供应并损害血管？"我们还可以通过视频向他展示患有肺气肿无法呼吸的人、已经患有肺癌和口腔癌的人，或者由于血栓闭塞性脉管炎而肢体远端已经变黑的人。然后，我们可以告诉他，通过吸烟的危害影响以及通过戒烟扭转这些影响的可能性，他可以避免这些影响，减少遭受痛苦的可能性，并延长寿命。

在下一个阶段，即*沉思阶段*，人的思想已经愿意改变，但不确定如何去做或还没有做出行动的承诺。他意识到自己的行为有问题，并承认需要改变。常见的对话是"我可以"。让我们再听听乔治说的话——"*哦，我明白了。是的，我的女朋友也认为我抽烟时身上有异味，她担心这会影响我们未来的孩子。但是你看，我的乐队成员全都吸烟，如果我戒烟的话会显得很不酷。有时当他们不在身边时，我会尝试限制自己的吸烟量，但我仍然渴望吸烟。*"在这个阶段，我们的目的是验证这个人对于改变的困难的感受，但他会意识到改变的好处大于风险。

第三阶段是*准备阶段*，此时人们已经开始采取小步骤来改变行为，并打算在接下来的 30 天内采取行动。在这个阶段，人已经认识到改变行为可以带来积极的结果，并且他有能力做到这一点。这里的对话是：我能，*我准备*，和 *我想要做…* 在这个阶段，我们应该协助此人制定行动计划。乔治轻松地向乐队成员讲述了自己为了准备婚礼而戒烟的想法后，成员们都表示支持。他告诉他们生活方式医学医生关于吸烟危害的说法，看来他们也想戒烟。他寻求未婚妻作为他的责任伙伴的帮助，并且还找到了可以帮助他做出决定的网站、戒烟小组和戒烟热线。他还获得了一份处方来满足他对尼古丁的渴求。在亲人和社区的支持下，他告诉自己："*吸烟将成为过去。*"

在第四阶段或*行动阶段*，人们已经养成这个习惯六个月了。这个人在这里说，*我……*目标是让他通过奖励积极行为、庆祝胜利、尽量减少让人想起消极行为的刺激以及确定支持行为改变的健康关系，继续改变行为 6 个月或更长时间。现在，乔治戒烟的头六个月过得并不轻松。有时候，他仍觉得香烟象征着他的男子气概，但女友却一再向他保证事实并非如此。在演出时，当其他乐队的成员都在吸烟时，他感觉口水直流，很想抽一支，但乐队成员提醒他即将到来的婚礼和决心。他和女友每个月都会庆祝他的戒烟月，并且会把家里所有让他想起吸烟的物品，如烟灰缸、打火机等都清理掉。

在第五阶段，也称为*维持阶段*，人们已经维持行为改变至少 6 个月。这里的对话是，*我仍然是*，或者，*我仍在做*，或者*我继续……*这里的挑战是无聊和逐渐陷入不健康习惯的危险，我们称之为*复发*。因此，即使一个人在过去的 6 个月中已经取得了持续的成功，我们也应该持续支持他努力改变行为。这里的目标是持续保持积极行为，并防止消极行为复发。乔治在结婚期间已经六个月没有吸烟了。他的妻子非常欣赏他的改变，以及这给他们的家庭和未来的孩子带来的安全。即使他的行为改变已经持续了很长一段时间，他的妻子和乐队成员，也是他们的伴郎，仍然支持他退出，因为他成为了他们效仿的榜样。

最后阶段，或*终止阶段*，是当一个人已经养成了足够强烈的健康或积极的习惯，以至于他不再想起以前的不健康的习惯或害怕自己会再次受到诱惑。乔治现在是一位父亲，他无法想象把烟带回家，从而伤害他小天使脆弱的肺部。就连想到香烟，他都感到厌恶。在人生的这个阶段，他只想和妻子白头偕老，看着自己的小天使长大、上学、交朋友、工作、取得成功、追求自己的激情并拥有自己的家庭。他希望一直陪伴着她，成为和她一起走过红毯的父亲。

明智的做法是记住，养成一个习惯需要 21 天，养成一种生活方式需要 21 个月，而我们的最终目标是通过保持健康的生活方式来长寿。人们接受改变也是因为改变符合他们的价值观，他们认为改变是值得的，他们认为他们可以做到，他们认为改变很重要，他们已经做好了准备，他们应该掌控改变，而且他们有明确的计划和强大的社会支持。因此，我们应该给一个人时间去改变，在他行为改变之前、期间和之后很长一段时间，提供适当的信息和教育，以及充足的社会和医疗支持，这样他就不会试图回到以前的状态。

在制定生活方式目标时，请记住保持 SMART：*具体、可衡量、可实现、相关且有时限*。不要设定没有期限的模糊或过高的目标，因为这可能会导致失败或挫折。相反，以行为改变的形式制定目标，或者你承诺自己在特定时期内要采取的行动，如果持续这样做，将有助于实现你长寿健康或拥有完美体格的愿景。例如，*这周我会每天吃3份蔬菜*，或者*这周我会每天睡7个小时*，或者*在接下来的5天里，每天快走30分钟*。它还将有助于评估您对每个目标的信心水平和重要性水平，等级为 1 到 10，10 表示最有信心和最重要，1 表示最不有信心和最不重要。

我们来做一个简单的练习。填写下表。首先，确定您想要改变的生活或生活方式的三个方面。然后，确定您现在处于跨理论模型的哪个阶段。随后，确定您的信心程度及其对您的重要性程度。最后，制定您的 SMART 生活方式目标。

改变生活方式	阶段	置信水平	重要性级别
1.			
2.			
3.			

我的 SMART 目标是：

1. _____

2. _____

3. _____

祝贺我们迈出了健康生活方式改变的第一步！我们的目标是维持这些习惯 6 个月，然后在接下来的 21 个月内不断将其灌输为我们的生活方式。我们的选择从今天开始，我们的行动从今天开始，我们的坚持从今天开始。我们未来的自己将会感谢我们现在决定追求的这种健康的生活方式的转变。

第 3 章 – 生活方式医学的 6 大支柱

"最伟大的医学就是教会人们如何不需要它"～希波克拉底

https://www.midlandhealth.org/Uploads/Public/Images/Slideshows/Banners/6%20Pillars%20-%20LMC.jpg

1928 年，亚历山大·弗莱明发现青霉素，从此开启了一个奇迹般的世界：只需服用药丸形式的抗生素就可以治疗感染。在此之前，即使是很小的感染伤口也会加重病情并导致很多人早逝，尤其是那些免疫系统较弱的人。如今，即使是肺部感染（肺炎）、皮肤感染或泌尿道感染也可以用青霉素衍生物轻松治疗。

几十年后，传染病对人类的威胁不再那么严重。公共卫生威胁已由传染病转向非传染性疾病。传染病是由微生物急性或突然引起的，可以在人与人之间传播，而非传染性疾病通常是慢性或长期的，由不健康的生活方式引起，通常不会传染给其他人。这些包括高血压（血压持续升高）、糖尿病（血糖慢性升高）、冠状动脉疾病（供应心脏的血管变窄或阻塞）和中风（供应大脑的血管阻塞或大脑血管破裂）。然而，抗生素药丸的魔力已经扎根于人类文化中，甚至在现代非传染性疾病时代也受到追捧。虽然降低胆固醇和血糖的药物确实有助于降低血管和其他器官受损的风险，但它们并没有针对根本原因，即不健康的生活方式。

  这么说吧：如果你的手臂上有软组织肿块，无论多少药物都无法将其去除；必须进行手术。同样，当你的腿骨折时，要么打上石膏等待骨头重新连接并愈合，要么用螺丝固定骨头；但无论多少药丸都无法将这些骨头连接起来。同样，如果我们当前问题的根源是不健康的生活方式，那么答案就是纠正生活方式，而不仅仅是服用药物来调节不健康生活方式的影响。这就像水槽溢水时不断拖地，而真正的解决办法是关掉水龙头。

  不幸的是，几十年来我们一直以这种方式应对生活方式疾病。口服药物和侵入性手术（例如搭桥手术和血管成形术）已渗透到生活方式疾病的管理中，而没有首先利用改变导致疾病的行为来实现。例如，一个患者一直在服用降低胆固醇水平的药物，但是仍然摄入高脂肪、高胆固醇和高热量的食物（如快餐），他可能因为认为药物无效而不得不增加药物剂量，但真正的问题在于生活方式。另一个人，可能想要控制血压，每天坚持服用降压药，但继续吸烟、吃咸薯片和苏打水，同时沉迷于 Netflix 而不是吃水果和蔬菜，不进行足够的体育锻炼并且不吸烟，由于血管壁特别是小动脉的持续损害，可能不得不随着时间的推移增加药物剂量。最后，如果一个糖尿病患者服用口服降糖药，但生活压力很大，每晚睡眠不足，饮食中多为高脂肪、高热量的单糖（如苏打水），而且缺乏体育锻炼，那么他最终可能需要补充胰岛素来控制血糖。

生活方式医学专业的诞生源于人们的认识：由于现代社会对人类健康和长寿的威胁主要是生活方式造成的，因此，改变行为并转向健康的生活方式而不仅仅是依靠药物可以预防、治疗和缓解生活方式相关疾病（LRD）。这些疾病包括心血管疾病、代谢综合征、2型糖尿病和癌症，如今已成为导致原本健康、有生产力、能够为社会做出重大贡献的人群过早死亡的主要原因。

1989年，"生活方式医学"首次被用作一个研讨会的主题，并于1990年发表在一篇文章中。1999年，詹姆斯·瑞普博士出版了具有里程碑意义的教科书《生活方式医学》。该专业的核心能力由 Liana Llanov 和 Mark Johnson 于 2010 年在《美国医学会杂志》上发表，并推动了该科学和专业的培训计划和延续。正如该期刊所定义的，*"生活方式医学是一种基于证据的实践，帮助个人及其家庭采取并维持可以改善健康和生活质量的行为。"*此外，美国生活方式医学院将其定义为"利用生活方式干预来治疗和管理疾病"。

在我值班和巡视医院期间，我们会接收生病的病人，对他们进行监测，给他们用药，并在他们脱离危险后让他们出院。例如，一名肺炎患者在不再发烧、咳嗽几乎消失、感染消退且可在家继续服用口服药物后即可出院。另一方面，中风或近期心脏病发作的患者在死亡或出现更严重残疾的危险已经过去且得到适当管理后，可以出院。他们还可以在家中继续维持药物治疗，以及在门诊进行物理或心脏康复。我经常问自己，我们确保病人远离疾病，但作为医生，我们能做些什么来帮助他们恢复健康？根据世界卫生组织（WHO）的定义，*健康*不仅仅是没有疾病或虚弱，而是身体上、精神上和社会适应能力的完全良好状态。在几十年的行医生涯中，我感觉到自己在知识上存在差距。我们是否充分帮助我们的病人？

达到尽可能高的健康标准是医学界特别是世界卫生组织的目标。虽然所有治疗方式都有助于实现这一目标，但生活方式医学已被证明可有效实现这一目标——维持健康以及治疗和预防生活方式疾病。此外，多项研究表明它有助于延长寿命，这显然是现代社会和生活方式所非常需要的。

为什么会这样？除了食物明显丰富且供应充足、坐姿和久坐工作增多、对积极生活方式需求减少、以及文化压力更大、要求更高和竞争更激烈之外，人类的生理反应也深深植根于人类的适应性。追溯人类历史，在物质匮乏和危险的时代，人体已经进化出了在体内储存食物并引发压力反应的机制。这些机制在当时起到了拯救生命的作用，这样当食物匮乏时，身体就会以糖原和脂肪的形式储存能量，即使在食物供应不足的情况下也可以使用。工业化到来后，食物供应源源不断，但现代人仍然将多余的能量以脂肪的形式储存起来，这些脂肪容易被氧化，引起慢性炎症。这会使血管和器官充斥，随着时间的推移，血管和器官会受到损害并过早退化。此外，虽然过去人类的日常活动非常需要并消耗大量能源，但任务的机械化减少了这种需求。这就导致人类将过多的能量以脂肪的形式储存起来，而日常生活中又没有足够的活动来利用这些能量，从而导致人类自身疾病以及代谢综合症的流行，主要是肥胖症。

在接下来的章节中，我们将深入探讨生活方式医学的六大支柱。这些支柱如下：（1）全食、植物性饮食，（2）增加身体活动，（3）恢复性睡眠，（4）避免危险物质，（5）压力管理，（6）积极心理和健康的社会关系。大量经过验证的研究已表明，将这些因素融入当代的日常生活方式中，可以有效预防和控制生活方式相关疾病。事实证明，不仅药丸、药品和化学药品是药物，而且主要是，食物、体力活动和融入我们日常生活的健康行为也是药物。***生活方式*** 本身就是药。

此时，我邀请您根据这六大支柱来评估您的生活方式。您认为这些支柱中的哪一个是您的优势？你的弱点？只是为了重申和强化知识，您能在以下空间列出生活方式医学的六大支柱吗？把星星放在代表你的力量的柱子旁边，把心放在代表你的弱点的旁边。

14 长久的生命

1.

2.

3.

4.

5.

6.

第 4 章 – 健康饮食

"如果你能用食物治愈病人，那就把药留在药剂师的药瓶里吧。"——希波克拉底

人类最重要的活动之一，相当于生命本身，就是进食。我们必须加入我们要燃烧的燃料，为我们每个细胞和器官的运作提供能量。然而，这一主要功能已经进化和扩展，还可以满足人类的其他需求，例如提供社交互动的渠道，甚至只是某些食物的味道也可以满足某些情感或智力需求。不幸的是，对于许多人来说，摄入的食物已经积累到身体目前不需要和代谢的比例，并以脂肪的形式储存起来，或者将未使用的葡萄糖、脂肪酸和胆固醇注入血管，这是导致生活方式疾病的一系列事件的开始。食物本来是能量的来源，而且很多时候也可以作为药物，但在现代，它却成为了病理的来源。

1966年至1972年间，一位刚从非洲回来的外科医生发现，西方国家常见的心血管疾病和大肠疾病在非洲并不常见。作为一名好奇的医生，他将儿童恶性癌症伯基特淋巴瘤的病因追溯到一种名为爱泼斯坦-巴尔病毒的特定病毒，他分析了这种疾病分布的差异：为什么我们会患上这些人没有患上的疾病？**他们对心脏病有免疫力吗？**他发现答案在于西方世界与非洲人的饮食差异，并提出了*当时相当激进的假说：低纤维饮食会增加罹患心血管疾病、肥胖症、龋齿、各种血管疾病以及癌症、阑尾炎和憩室病等大肠疾病的风险。*被称为"纤维人"，丹尼斯·伯基特博士为饮食作为生活方式疾病的风险因素奠定了基础。

1975年，发明家、工程师和营养学家内森·普里蒂金（Nathan Pritikin）在加利福尼亚州开设了一家长寿中心。他甚至不是

一名医生，但凭借着同样的好奇心，他注意到在第二次世界大战这个压力巨大的时期，心脏病导致的死亡人数却反常地下降，而他将此归因于当时低脂肪、低胆固醇的食物配给。他本人患有严重的心脏病，医生建议他停止运动，摆脱所有压力，并在下午小睡一会儿。然而，在自己的研究和自学的推动下，他开始了素食和锻炼计划，并向主治医生证明他的胆固醇水平下降了，并且症状消失了。凭借对自己成功的信心以及从研究中积累的证据，他建立了普里蒂金长寿中心，这是一个利用营养、运动和生活方式改变教育的疗养胜地和住宿项目，他在那里接收了三名患有严重心脏病的患者一个月。项目结束后，所有患者的病情都有所改善，不再有胸痛，几乎不再需要药物治疗，并且在项目结束后的几年内仍能维持和享受他们喜爱的活动和生活。

同样，1990年，迪安·奥尼什（Dean Ornish）博士在一项大规模研究"生活方式心脏试验"中表明，*仅靠改变生活方式就能逆转心脏病的症状*。这意味着，即使没有口服药物，改变生活方式也可以改善心脏病的症状。同时，考德威尔·埃塞斯廷博士（Dr. Caldwell Esselstyn）于1999年进一步展示并直观地展示了植物性营养在**降低胆固醇水平和增加血管造影中血管直径方面**的有益效果。这会导致胸痛随之消失，这种治疗效果相当于血管成形术或冠状动脉搭桥术的好处，但没有惊人的成本和风险。欧洲癌症和营养前瞻性调查（EPIC）研究表明，不吸烟、适量饮酒、进行体育锻炼以及每天吃至少五份水果和蔬菜可以延长寿命*十四年*。

生活方式医学提倡全食物、植物营养。植物营养中95%的热量来自蔬菜、水果、全谷物、豆类、坚果和种子，只有5%来自肉类、鱼类、奶制品和蛋类，建议每天吃彩虹色食物，即每天吃各种颜色的天然食物。这些包括绿色蔬菜和水果，如鳄梨、西兰花、卷心菜和辣木，它们含有叶绿素、植物营养素、维生素C、铁和B族维生素，可作为辅酶和辅助因子，促进人体最佳的新陈代谢或功能，并增强免疫系统，此外，纤维还能保持肠道健康和无毒。西红柿、红辣椒、西瓜、苹果、石榴和草莓等红色水果和蔬菜含有番茄红素和鞣花酸等植物营养素，具有抗氧化和抗癌作用。胡萝卜、橙子、芒果、香蕉、南瓜、玉米和桃子等黄色和橙色的水果和蔬菜含有叶黄素、维生素 C 和 β-胡萝卜素，可保持眼睛健康和良好的视力，同时也是强大的抗氧化剂和抗癌化合物。葡萄、蓝莓、茄子、紫山药等蓝色和紫色蔬菜富含花青素和白藜芦醇，具有抗癌和抗衰老的功效。最后，大蒜、洋葱、花椰菜和蘑菇等白色和棕色的水果和蔬菜具有抗炎、抗菌和抗癌作用，同时还能增强免疫系统。因此，如果我们想预防和治疗可怕的癌症，并增强免疫力，每天就吃彩虹吧！

那么蛋白质呢？这难道不是只存在于肉类和动物产品中吗？这种观念是不准确的，因为一些植物来源的蛋白质含量与动物性饮食相当，甚至更高。例如，1 杯红扁豆相当于 3 个煮熟的鸡蛋，3 盎司牛排或鸡肉相当于 5 个中等大小烤土豆，3 盎司杏仁所提供的蛋白质几乎与 3 盎司鲑鱼相同。动物蛋白质具有胆固醇、饱和脂肪和较高热量的缺点，而植物蛋白质具有提供纤维、植物营养素、维生素和矿物质，并且热量低，同时又能提供同样的饱腹感和饱腹感的优点。

蔬菜和水果罐头够用吗？桑德拉·帕特龙（Sandra Patron）和安德烈亚·德拉巴尔卡（Andrea de la Barca）在 2017 年发表的一篇评论中指出，即热和即食的超加工食品会引起炎症和*肠漏*，并可能导致肥胖、自身免疫性疾病和乳糜泻。肠道内壁被多层保护所覆盖——从肠道内的有益细菌，到覆盖肠壁的粘液层，再到像墙砖一样紧密"粘合"的肠细胞。*肠漏*是指这些屏障被突破的一种情况，毒素、化学物质和细菌可以自由通过肠壁并未经过滤就进入血液。另一方面，未经加工和最低限度加工的食物饮食可以促进有益细菌的生长，减少肠道炎症，并促进肠道内壁的完整性。食品加工的等级如下：1 级是*轻度加工*、粉碎或切割，但没有去除任何成分；2 级是*中度加工*，其中可能去除一些成分并与普通厨房中现有的食材混合；3 级是*超加工*，在加工厂中完成，更像是化学混合物而非实际食品。超加工食品可能会引发肠漏症，因此，最好食用轻度至中度加工的食品，尽量减少甚至避免超加工食品。

食物的烹制方式也是一个重要因素。与未煮熟的状态相比，当糖和蛋白质的游离氨基在干热条件下（例如烧烤、炙烤、烘烤和煎炸）发生反应时，会产生 10 到 100 倍的高级糖基化终产物（AGE）。使用湿热烹饪、缩短烹饪时间、在较低温度下烹饪以及使用酸性成分（例如柠檬汁或醋）可减少 AGE 的形成。加工食品和动物产品富含脂肪和蛋白质，含有丰富的AGE，而蔬菜、水果、全谷物和牛奶即使烹饪后所含的AGE也相对较少。这些AGE会损害神经、肾脏、眼睛和胶原蛋白，并加速衰老。

此外，如何进食也是健康饮食最重要的因素之一。人类进食不仅仅是因为饥饿，有时也是为了满足情感和社交需求，这可能会提供过多的身体目前不需要的热量。正念饮食就是品尝食物和享受当下——慢慢进食，使用小盘子和餐具，每口食物咀嚼约 20 次，每口之间停顿一下，吃饭时不要同时做其他事情。这种饮食模式已被证明可以改善不规律的饮食习惯、破坏习惯性饮食行为，并可用作糖尿病的营养疗法。

下一个问题是我们什么时候吃饭？建议每天只吃两顿饭和一顿零食，最好不要错过早餐，或者限制进食时间，即只在 12、10 或 8 小时内进食，例如早上 7 点到晚上 7 点。另一方面，间歇性禁食是间歇性减少卡路里摄入量，例如 16 小时禁食、24 小时禁食或每周 1-2 次禁食。禁食的范围可能包括只喝水来重置，禁食蔬菜或果汁来补充抗氧化剂，以及长寿禁食，即将每日热量摄入限制在 800 卡路里，其中一半来自蔬菜，一半来自坚果。经过这段禁食期后，胰岛素敏感性会上升，从而可以预防糖尿病，因为代谢转向利用脂肪会减少肥胖。

现在，请允许我邀请您进行一次24小时食品召回。

1. 早上起床你吃了什麼？

2. 今天吃了几次饭？喝几杯水？

3. 列出每餐所吃的食物，包括24小时内的所有零食。

根据我们前面讨论的内容，您认为您需要在日常营养方面做出哪些改变？您能根据 FAT（食物频率、数量和类型）公式写出您的 SMART 目标或营养行动计划吗？

我计划每天在我的饮食中添加/减少/包括（指定食物的数量和类型）_____（多少次）_____。

例如，我计划每天 2 次，每餐中添加 3 种不同颜色的水果和蔬菜，或者将米饭限制为每天 2 次，每餐半杯。

祝您饮食丰盛、用心，预防生活方式疾病，健康长寿。好好选择并品尝您的餐点！

第 5 章 – 体力活动

"步行是人类最好的药物。" ——希波克拉底

现代社会的一大福利就是可以用较少的努力实现同样的目标。人们曾经必须步行或跑步从一个地方到达另一个地方，而现在开车可以用更少的时间和最少的能量消耗达到同样的效果。对家中的智能设备进行简单的编程就可以在指定的时间打开设备，而人们可以花更多的时间坐在或躺在沙发上，用遥控器滚动观看电视或电影。然而这样的好处也带来了一些隐患，那就是缺乏运动。

美国南卡罗来纳大学阿诺德公共卫生学院运动科学与流行病学系的史蒂芬·布莱尔教授在2009年1月《英国运动医学杂志》上发表的一篇文章中将*缺乏运动描述为21世纪最大的公共卫生问题*。为什么会这样？它怎么能打败不良饮食、吸烟和肥胖对人类健康的危害呢？在有氧运动中心纵向研究中，他们表明，在 40,842 名男性和 12,943 名女性中，死亡原因中最大的原因是心肺健康状况差，其次依次为高血压、吸烟、糖尿病、高胆固醇和肥胖。再次，陈述了众多的主题，以强调研究的有效性。因此，这不仅仅是一项小规模的研究，它声称我们应该关注自己的心肺健康，而这是体力活动的馈赠。

然而在另一项研究中，他们表明，即使是身体健康的肥胖男性，其死亡风险也不及体重正常但不健康的男性的一半。因此，仅根据身体质量指数（BMI）就断言某人肥胖所以寿命会比其瘦弱的人短，这是不公平的。这个等式中缺失的部分是健身，它进一步表明，体力活动不仅仅是为了减肥，也是为了增强心肺健康。

*体能*是指能够精力充沛、警觉地完成日常任务，不会过度疲劳，并有足够的精力从事休闲活动和应对紧急情况。这包括心脏和肌肉的耐力、力量、灵活性和反应时间。因此，这就是我们进行体育锻炼的目标——健身，然后美丽的身材就会随之而来。想象一下，由于您有足够的力量和耐力，您可以做每天所需要和想要做的事情，而不是在半天结束之前就感到疲倦。更何况，想象一下，当我们 80 岁的时候，仍然能够独立站立、走动，并且不需要帮助就能生活，而不是像 70 岁的人那样，已经卧床不起，或者坐在轮椅上，甚至上厕所都需要别人搀扶。如前所述，在蓝色区域，即使过了 90 岁仍然身体健康、为社会做出贡献不仅仅是一个梦想或一种可能性，而是一种常态。

研究表明，定期进行体育锻炼可以改善体质、改善姿势和平衡能力、增强自尊心、改善体重、增强肌肉和骨骼，甚至改善认知能力，更准确的描述是这样的：*"我们运动时，大脑就会运转。"* 另一方面，缺乏身体活动已被证明是导致过早死亡、肥胖、心脏病、高血压、2 型糖尿病、骨质疏松症、中风、抑郁症和结肠癌的风险因素。一项针对 222,149 名 45 岁及以上人群的研究显示，无论性别、年龄段和 BMI 如何，久坐与死亡率之间存在一致的相关性，因此有一句最近流行的格言："久坐就是新的吸烟"。

运动对长寿有益的证据是充分且不可否认的。2013 年，Naci 和 Ioannidis 在 305 项随机对照试验（共有 339,274 名参与者）中证明，*运动在预防中风死亡方面甚至比药物更有效*，在预防冠状动脉疾病死亡方面与药物同样有效。一项大型队列分析对美国国家癌症队列联盟的汇总数据进行了分析，该联盟包括 654,827 名年龄在 21-90 岁之间的个人，平均随访时间为 10 年，结果显示，*在闲暇时间进行体育锻炼的人的预期寿命可延长 2 至 5 年* 相当于每周快走 75 分钟，相比之下，那些不经常运动的人则少得多。对于那些活跃且体重正常的人来说，预期寿命增加了 7 年。詹姆斯·伍德科克等人在 2010 年发表于《国际流行病学杂志》上的一项系统评价中表明，积极锻炼可以降低死亡风险。*即使每周活动量较低（2.5小时），死亡率也降低了 19%*，而将活动量增加到每周 7 小时，死亡风险则降低了 24%。

您可能已经注意到，我们将体力活动而不是锻炼作为健康益处的参考点。体力活动是指任何身体运动，其中骨骼肌的收缩会使能量消耗增加到基础水平以上，而锻炼则更有力，因为它是一组有计划、有结构、重复和有目的的动作，旨在维持和提高耐力、力量、灵活性和平衡性。研究建议*定期进行中等强度的体育活动，例如每周快走 150 分钟，相当于连续 5 天，每天 30 分钟，剩下 2 天进行阻力或力量训练*。请注意，体力活动强度至少必须是中等。低强度活动包括轻度散步、轻松的园艺工作和伸展运动，中等强度活动包括快走、骑自行车、耙树叶、游泳和跳舞，高强度活动包括有氧运动、慢跑、打篮球、快速游泳和快速跳舞。简单来说，轻强度的体力活动还可以说话、唱歌，中强度的体力活动可以说话但不能唱歌，剧烈强度的体力活动就几乎不能说话、唱歌了。进行高强度体力活动时，建议的活动时间是中等强度体力活动的一半，即每周至少 75 分钟即可有益于健康。为了获得额外的健康益处，每周可以增加到 5 小时或 300 分钟中等强度或 150 分钟高强度体力活动。

体力活动的准则是从*低强度开始，慢慢进行*。如果您的生活方式非常久坐，那么每天进行 10 分钟的中等强度体力活动即可，连续 5 天，每天总共 30 分钟。随着身体的适应，可以在耐受范围内增加体力活动的水平和持续时间。甚至还允许孕妇、老年人以及心脏病发作和中风后正在恢复的人群进行身体和心脏康复的体力活动。考虑到您的特殊状况或考虑，只需定期咨询您的生活方式医生，了解您可以进行的身体活动形式和水平。您可能会发现，定期进行体育锻炼可以增强您的健康、认知能力、体形、身体形象和自尊，只要您抽出时间去进行，定期进行体育锻炼的习惯就会很有趣并且很容易养成，有时甚至会上瘾。这相当于您的寿命可延长 2 至 7 年，老年时体力更充沛、独立性更强，并且患上中风、高血压、糖尿病、冠心病和癌症等生活方式疾病的风险降低。

对于本章中的活动，首先评估您的体力活动生命体征 (PAVS)，它等于每天中度体力活动分钟数 x 每周体力活动天数。例如，如果我每周 5 天，每天快走 30 分钟，那么我的 PAVS 就是每周 150 分钟，而我们的目标是 150-300 分钟，以获得最大的健康益处。

我当前的 PAVS = _____

为了实现每周 150 到 300 分钟的目标，您的体育活动行动计划或 SMART 目标是什么？举个例子，"我每周一至周五每天早上 6 点在附近快步走 30 分钟，坐了一个小时之后我就会起身走走，做点事情。"

　　我的身体活动行动计划：

现在你已经有了一个计划，接下来更困难的事情就是克服惰性去开始实施它。那么，您还在等什么？站起来，出去活动一下，让心脏跳动起来，让血液循环起来。时不时地离开舒适的沙发，快步走，这样你几乎不会边走边唱歌，或者做一些让你快乐的体力活动，比如游泳或徒步旅行。这将激活你的大脑，提高你的新陈代谢，增强你的心肺健康，塑造你的身体，并延长你的寿命。不要忘记将其变成一种习惯——坚持下去。更好的是，让它成为一种生活方式——让体育活动成为你生活中不可或缺的一部分。

长久的生命

第 6 章 -恢复性睡眠

"睡眠和警惕，如果过度，就会导致疾病。" ~ 希波克拉底

如果您认为睡眠是一种对生命价值极小的被动过程，请再想一想。如果这不是那么重要的话，我们就不会将人生的三分之一时间花在这样的状态中。在我们进一步探讨之前，什么是睡眠？睡眠是一种可快速逆转的反应性降低的状态，被人们亲切地称为 4R 状态。那么我们为什么需要睡眠或者处于这种反应降低的状态呢？这对于人类安全来说难道不是违反直觉的吗？

睡眠对人体非常重要，因为大脑、肌肉、心脏和身体的其他器官在这种状态下进行修复、愈合和恢复。在我们的日常活动中，细胞和组织损伤是不可避免的，特别是在我们生活在压力大、快节奏的生活方式中时。我们常常专注于日常职责，以至于小病、小伤或组织损伤被忽视了，因为它们与手头的任务相比不那么重要。不幸的是，这些小损害会随着时间的推移而累积，并导致严重的疾病，使我们的生活陷入停滞，让我们没有时间照顾自己的身体健康。当我们长期睡眠不足时，我们的器官系统受到损害的可能性会更大，因为这些损害是在睡眠期间每天进行修复和恢复的，然后才会加剧并变得无法克服。想象一下，如果身体只是继续进行日常活动，那么肌肉、肾脏、肝脏和其他器官就会受到一定程度的损伤，尤其是在高压下，而且没有机会修复。损伤会不断加剧，身体很容易磨损，导致寿命缩短。

在我的远程会诊过程中，有很多患者患有*睡眠不足综合症*。由于他们大多是上夜班的呼叫中心代理，白天的睡眠环境也不太适合睡眠，导致他们在工作时会出现头晕、头痛，注意力不集中等情况。这相当于生产力损失、工作缺勤，并最终导

致公司和员工的收入损失。人们认为睡眠对工作效率很低，但实际上它却是提高工作效率的关键因素。怎么会这样呢？

在大脑中，睡眠期间间质空间的增加有助于淋巴系统清除神经毒性废物。如果这些神经毒素没有被充分清除会发生什么情况？慢性或长期睡眠不足是阿尔茨海默病的风险因素之一，阿尔茨海默病会导致记忆力、语言能力和定向能力等重要大脑功能逐渐恶化。在心脏和血管中，睡眠时血压下降，减轻心壁和血管的压力。相反，长期缺乏睡眠会导致血压升高并引发心脏病。同样，在睡眠期间，压力荷尔蒙皮质醇也会下降。如果长期睡眠不足，身体就会更频繁地接触皮质醇，导致血糖升高和免疫系统减弱，从而导致糖尿病和易患各种感染。

根据美国国家公路交通安全管理局的数据，睡眠不足每年还会导致100,000起车祸。结果表明，连续18小时不喝酒，血液酒精含量相当于0.05，连续24小时不喝酒，血液酒精含量相当于0.10，而0.08的酒精含量已经被视为合法醉酒。如果酒后驾驶被认为是非法和危险的，那么也许是时候对疲劳驾驶进行惩罚了，因为它对生命和财产同样危险。

不幸的是，在现代社会，睡眠并不被重视，有时甚至被认为是浪费本可以用于工作的宝贵时间。鉴于时间就是黄金，而睡眠就像是浪费时间而没有产出，因此睡眠被置于较低的优先地位。工作、家庭和学业的要求常常会占用大量的睡眠时间。然而，当我们重新认识睡眠对我们的日常生活、预防疾病和长寿至关重要时，我们就会意识到我们花在睡眠上的时间确实是黄金时间。我们必须记住，虽然我们没有为社会做任何实质性的工作，但睡眠是我们身体为我们工作的一个非常忙碌的时间。

最好是每晚保证7-8小时的恢复性睡眠，这样可以增强记忆力，改善大脑功能，修复并减少骨骼和肌肉的退化，维持血压和血糖。在睡眠期间，人体还会分泌生长激素或生长激素，从而刺激生长、细胞繁殖和细胞再生。此外，大脑在睡眠期间形成突触或连接，并理解清醒时获得的经验和知识。因此，睡眠对于学习、整合和巩固长期记忆非常重要。

我们如何才能获得这种恢复性睡眠呢？首先，准备好你的床，这样当你进入你的房间时，你的休息和放松模式就会被打开。不要把工作等担忧或焦虑的记忆附加到你的床上，而要把它作为你恢复活力的神圣空间。凉爽的温度会有所帮助，最好在睡觉前几个小时摘掉这些电子设备，因为蓝光会抑制褪黑激素的分泌，而褪黑激素是一种负责诱导睡眠的激素。褪黑激素在昏暗的灯光下也能发挥最佳作用，因此，根据您的轮班安排，无论您打算在一天中的什么时间进行恢复性睡眠，都应努力模拟夜晚的状态。

其次，一切都与节奏有关，节奏是音乐和自然界的基础。即使是植物也需要光合作用的黑暗阶段来产生营养物质，甚至是我们所需的氧气。如果可能的话，清晨多晒太阳，并在睡眠时间前至少 4 至 8 小时进行锻炼，但不要太接近睡眠时间。争取每天大约在同一时间入睡和起床，建议睡眠时间为 7-8 小时。研究显示，每天睡眠不足6小时和超过9小时均可能引发肥胖、高血压、糖尿病等代谢综合症。白天小睡也能恢复体力，但时间应限制在 20 分钟以内，以免扰乱夜间的节奏。

第三，注意食物摄入的种类和时间。下午避免摄入咖啡因和香烟等兴奋剂，睡前 3 小时内避免饮酒。放松的茶或洋甘菊是一个可行的选择。白天早些时候要补充足够的水分和营养，但要杜绝吃夜宵，因为我们需要 4 个小时才能完全消化这些零食，我们不想将身体的能量转移到消化上而不是恢复上。在食物种类上，减少脂肪和碳水化合物的摄入，充足蛋白质的摄入。对于脂肪，鳄梨、油性鱼、核桃和橄榄油中的 omega-3 脂肪酸是有益的，而水果、蔬菜和全谷物中的纤维则与恢复性睡眠有关。

睡眠虽然是一种可快速逆转的反应能力降低状态，但它对于维持大脑和身体其他重要器官的完整性、恢复和活力至关重要。长期缺乏睡眠是导致阿尔茨海默病、糖尿病、癌症等疾病的风险因素。为了获得恢复性睡眠，白天保持活跃并在清晨暴露在阳光下，晚上保持凉爽并在睡觉前避免刺激性食物和环境（如明亮的灯光和小工具）。

我再次邀请您评估一周的睡眠模式，并注意您的身体对您的活动和环境的反应，尤其是在睡眠期间。很多时候，您的身体会以健康与疼痛、精力充沛与疲倦的形式向您传达它的喜好和当前状况。因此，花时间和注意力真正倾听您的身体，并通过尽可能最佳的生活方式来配合维护身体，以保持其最佳功能，这是很有价值的。以下是对您一周睡眠情况的简短评估，以便您了解您的夜间节律如何。

我的睡眠日记

天	入睡时间	你醒来的时间	睡眠时长（多长时间？）	记录（您醒来时的感觉：神清气爽、依然困倦、做了令人不安的梦等）
周一				
周二				

周三				
周四				
星期五				
周六				
星期日				

第七章 – 避免接触危险物质

"在你治愈某人之前，先问问他是否愿意放弃那些让他生病的东西。"——希波克拉底

药物是除食物或水之外的任何物质，用于改变接受者的身体和精神状态而服用或施用。例如，从植物*毛地黄（又称毛地黄）*中提取的药物地高辛，可用于增强心力衰竭患者的心脏泵血能力。同样，自从从一种*霉菌——青霉菌*中分离出来以来，广泛使用的抗生素青霉素拯救了许多人的生命，使他们免于患上各种细菌感染，而这些细菌感染曾缩短了人类的寿命。同样，从*罂粟中*提取的吗啡可以缓解癌症、心肌梗塞或心脏病患者的剧烈疼痛。

尽管药物具有神奇的拯救生命和治愈疾病的能力，但有些药物现在因其精神活性作用而被滥用。这些影响包括情绪、思想、感知和行为的改变，并且由于药物引起的愉悦感，有些人会产生使用这些物质的强迫症，以便一次又一次地体验这些心理和身体上的影响。这种情况也称为药物依赖。然而，随着他们对相同剂量药物效果的耐受性增强，他们会更频繁地服用更多药物，同时当他们试图停药时还会产生渴望和不愉快的感觉。

药物滥用是指使用化学物质导致个人身体、精神和情绪受损。成瘾具有以下特征，压缩成助记词 ABCDE：无法**戒除**、**行为**控制受损、对毒品的**渴求**或渴望增加、对个人行为和人际关系中重大问题的认识**下降**以及**情绪**反应功能失调。成瘾的过程遵循 4C 循环：*渴求、强迫、失去控制、不顾后果继续使用*。成瘾是一种脑部疾病——它会改变脑部的生物学、结构和组成；但与所有其他疾病一样，*它是可以预防和治疗的*。

最常见的滥用物质是烟草，烟草中含有7000种化学物质，其中250种是有害的，69种不仅对吸烟者有致癌作用，而且对他周围吸入烟雾的人来说也是如此。它会导致多种疾病和病症，包括肺癌和其他癌症、肺气肿、过早衰老、不孕症、血管疾病（包括冠状动脉疾病和中风）以及易受感染的免疫系统衰弱。烟草中导致上瘾的物质是尼古丁，它会引起头痛、腹泻、高血压、烦躁不安、颤抖、冷汗，有时还会导致精神错乱和癫痫。那些倾向于尝试吸烟的青少年更容易受到尼古丁的神经毒性影响，因为他们的大脑仍在发育执行和神经认知功能。低至2毫克的剂量就会对儿童产生严重的神经毒性作用，即使对那些只是被动吸烟的人来说也是如此，而0.8至13毫克/千克的剂量则会导致50%的成年人死亡。

另一方面，根据世界卫生组织的说法，戒烟具有惊人的有益效果。戒烟20分钟后，心率和血压下降；12小时后，血液中的一氧化碳含量下降。戒烟一年后，患冠状动脉疾病的风险降低50%，戒烟5至15年后，患中风的风险可与不吸烟者相同。戒烟10年后，肺癌的发病率降低50%，口腔癌、咽喉癌、食道癌、膀胱癌、宫颈癌和胰腺癌的风险也降低。戒烟15年后，患心脏病的风险与不吸烟者相同。

当使用物质或药物的行为发展成问题模式时，就被称为*物质使用障碍*。因此，服用药物的量或时间会比预期的要大，有减少或控制使用量的持续愿望或不成功的努力，并且在对药物的*渴求*或强烈欲望的驱使下，花费大量时间进行获取和使用药物所必需的活动。在可能对身体造成危害的情况下，可能会反复使用，尽管知道这会带来反复的生理和心理问题，但仍会继续使用。因此，反复使用会导致无法履行学校、家庭和工作中的主要义务，同时忽视社交、娱乐和职业活动，并导致普遍的社会或人际关系问题。

其他常见的滥用物质是酒精和阿片类药物。对于酒精，建议男性每天不超过2杯，女性每天不超过1杯。如果超过这个标准，无论男女，都面临着饮酒的风险，如果男性在2小时内喝5杯，女性在2小时内喝4杯，酒精含量就会增加到

0.08 mg/dl，这被称为*狂饮*，而每月狂饮 5 天以上就已经属于重度饮酒。每年有超过10万人死于酒精，包括头颈癌、食道癌、肝癌、结直肠癌和乳腺癌，此外还有机动车事故、自杀和急性中毒造成的急性死亡。大麻和阿片类药物也是常见的滥用药物，过量服用可能导致死亡。

　　说到这个话题，我不禁想起我病房里那些得了肝性脑病的病人。当然，他们曾经拥有过欢乐、成功、爱情、朋友和家人，但由于酒精对肝脏的毒性作用，他们血液中的氨含量急剧升高，并使他们的大脑衰弱。有些人情绪无法控制，不断哭泣和叫喊，并且无法认出自己的家人和朋友。看到儿子、女儿、朋友或伴侣因为照顾一个几乎不再认识的人而精疲力竭的场景，真是令人心碎。

　　虽然吸毒成瘾对一个人意志力的影响是相当可怕的，但就此得出结论说吸毒成瘾的人是坏人、无望的人或必须受到惩罚则是错误的。必须认识到，成瘾是大脑奖励通路、情绪和记忆中心的复杂疾病，还会影响感知和判断，导致大脑结构、通路和化学成分随着时间的推移发生深刻变化。然而，我们并非完全没有希望，因为可以通过动机访谈、药物等行为干预，以及通过戒毒热线和更高级别设施的社会支持系统来帮助管理物质使用障碍。家庭和社区对健康、精神、法律、学术、生计、娱乐和安全方面的支持服务是康复过程的基石，也是康复后个人的后续护理及其重新融入社会的基础。

　　行善或作恶的最初选择权始终在我们手中，一个人的决定可以对他自己和社会产生有利或有害的影响。选择权在我们手中：尝试或不尝试危险的物质，知道它会削弱大脑的控制能力；戒掉或不戒掉，知道戒掉之后，人体还有康复的希望。

　　对于章节后的练习，下面是 SBIRT Oregon 开发的年度筛查示例，是评估我们过去一年药物和酒精使用情况的有用工具。

Rhodesia   33

Annual questionnaire

Once a year, all our patients are asked to complete this form because drug and alcohol use can affect your health as well as medications you may take.
Please help us provide you with the best medical care by answering the questions below.

Patient name: _____

Date of birth: _____

Are you currently in recovery for alcohol or substance use?   ☐ Yes   ☐ No

Alcohol: One drink =   12 oz. beer   5 oz. wine   1.5 oz. liquor (one shot)

	None	1 or more
MEN: How many times in the past year have you had 5 or more drinks in a day?	○	○
WOMEN: How many times in the past year have you had 4 or more drinks in a day?	○	○

Drugs: Recreational drugs include methamphetamines (speed, crystal), cannabis (marijuana, pot), inhalants (paint thinner, aerosol, glue), tranquilizers (Valium), barbiturates, cocaine, ecstasy, hallucinogens (LSD, mushrooms), or narcotics (heroin).

	None	1 or more
How many times in the past year have you used a recreational drug or used a prescription medication for nonmedical reasons?	○	○

http://www.sbirtoregon.org/resources/annual_forms/Annual%20-%20English.pdf

第 8 章 – 压力管理

"如果你心情不好，就出去走走。如果你还是心情不好，那就再出去散散步。"——希波克拉底

压力是任何可能破坏一个人的现状或体内平衡的刺激，并引发身体反应以试图恢复现状。这种刺激被称为压力源，它会引发适应性反应。例如，当你的房子着火时，你会想让自己恢复安全。你的压力荷尔蒙会产生和释放，加速新陈代谢，产生更多的能量，这些能量被转移到大脑和骨骼肌，同时心脏泵血更快更有力，血压升高，以促进这种能量的快速分配。免疫细胞被激活，可以防止感染和损伤并促进愈合，同时暂停繁殖、消化和生长。你的大脑思维很快，你可以搬运重物，你可以跑得很快，而且你可以逃离火灾。

短暂的急性压力情况实际上对免疫系统和整个人体健康是有益和刺激的，特别是在压力克服后身体恢复到以前的放松状态。然而，长期处于压力之下会导致*劳损*，或者使身体机能和新陈代谢转变为适应和抵消压力的状态。这包括动脉硬化、血糖慢性升高以及不参与战斗或逃跑反应的器官血液供应受阻，这些都对整体健康有害。

此外，人们倾向于对各种压力源表现出特定的压力反应模式，这种特征称为*刻板印象*。想象一下，当你在打字时，一只蜥蜴突然掉进你的笔记本电脑里，当一个迷人的同事试图接近你的伴侣时，当你的账单到期日临近时，或者在你期末考试期间，你的身体会引起同样的压力反应。慢性或长期的压力会削弱免疫系统，并在血压升高作为压力反应时对血管壁造成损害。血管损伤的持续存在会影响和损害身体的各个器官，如大脑、肾脏和心脏，最终导致它们衰竭和失去功能。由于压力还会削弱植物功能，因此可能会降低性欲、消化、生长和生殖能力。

更糟糕的是，压力源已经影响心理健康，导致抑郁和焦虑。抑郁时，人们已经感到绝望和失去兴趣，而焦虑时，人们则对未知的事物充满恐惧。无数人因这种绝望和普遍的恐惧而失去生命，他们决定结束一切，甚至结束自己的生命。全球每年有 14.3% 或 800 万人的死亡是由于精神障碍造成的。相比之下，蓝色区域的百岁老人继续为社会做出贡献，并乐于看到他们的后代继续过着自己的故事。他们都面临着各种各样的压力，但一群人选择适应并生存，而另一群人则选择失去希望并死亡。

好消息是，压力可以通过多种方式来控制。压力的能量可以被引导到有用的追求上。许多著名的艺术家都是在他们最悲痛的时候创作出他们的杰作。每个人都有自己独特的天赋、才华和兴趣，他可以向这些地方倾诉自己的情感，而不是反复思考并采取自我毁灭的措施。*正念*表现为享受当下的体验，例如食物的味道、微风的凉爽、日出或日落的美丽、音乐的声音、孩子们的笑声或床单的柔软，它可以将关注点从消极情绪转移到欣赏，甚至将激素和神经环境从压力激素转移到感觉良好的神经递质。

冥想 是驯服心灵的另一种有效方法。它是一种平息大脑侵入性思维的有效方法，多项研究表明它可以降低对压力刺激的反应性，改善认知功能，并预防神经退行性。冥想有很多种方式；可以睁着眼睛或闭着眼睛，有背景音乐或没有背景音乐。第一步是缓慢吸气和呼气，最多三次。其目的是降低脑波活动，从清醒和警觉状态下的 β 波（12-30 Hz）降低至 α 波（8-12 Hz），再降低至 θ 波（3-8 Hz）。这就像大脑在保持清醒的同时，也享受到睡眠带来的健康益处。您可以闭上眼睛集中注意力，或者睁开眼睛集中注意力于某个物体，例如铅笔尖或画作。如果有侵入性想法出现在你的脑海里，就让它们像云朵一样飘过，不加评判，不加仇恨，不加惊讶，不加亲和力。

集中注意力于你的目标。早晚做 5 分钟来重启您的大脑，并获得冥想带来的镇静和神经保护益处。

事实证明，锻炼可以预防和治疗抑郁症、改善情绪和自尊、提高认知能力并降低神经退行性疾病的风险。从营养角度来看，低血糖指数的食物，比如复合碳水化合物，可以对大脑化学产生中等但持久的影响，而不像甜食那样只能提供即时但暂时的缓解。Omega-3 脂肪酸、维生素 B12、叶酸、钙、铁和锌也显示出对心理健康和预防神经退行性疾病有益的作用。睡眠也会影响情绪，睡眠不足的人会变得易怒、精神疲惫、容易受到压力，而一旦睡眠节律恢复，情绪就会显著改善。

读书疗法是利用书籍帮助患有精神疾病的病人康复。如果这对精神病患者尚且如此，那么对同样在经历与他们相关的书中人物相似的考验的普通人来说，情况又会如何呢？当一个人无法向外界表达自己的挫败感时，这可能为心理宣泄铺平道路，他可以认同一个角色，并提供洞察力来理解他的处境和可能的解决方案。光疗法是另一种治疗方式，即每周至少 3-4 天暴露在晨光下，以对抗季节性情感障碍（SAD）或因季节变化而引起的情绪变化的影响。

积极的关系和社会支持的价值不可低估。与家人和朋友的关心、爱、尊重和开诚布公的交流可以帮助一个人克服可能遇到的任何问题、压力或磨难。事实证明，拥有坚实支持系统的人更能避免抑郁症等心理健康问题。正如蓝色区域所示，一个紧密联系的家庭或社区对所有年龄段的人都有益——老年人拥有持续的使命感，可以指导和支持年轻一代，而年轻人则可以从老一辈那里获得见解、智慧和关怀。

下面是感知压力量表的一个例子，由 Cohen、Mamarch 和 Memelstein 于 1983 年开发，用于评估个人认为其生活状况的压力程度。我邀请你对自己进行评估和评分，分数越高，表示感知到的压力越大。这只是让您了解自己的压力水平的一个跳板。您对这种压力的反应尤为重要，以免产生可能损害您健康的精神和身体压力；相反，会产生健康的反应、恢复力和更强的适应能力。

Perceived Stress Scale (PSS-10)

Instructions:
The questions in this scale ask you about your feelings and thoughts during the last month. In each case, you will be asked to indicate how often you felt or thought a certain way.

In the last month, how often have you...

		Never	Almost Never	Sometimes	Fairly Often	Very Often
1	been upset because of something that happened unexpectedly?	0	1	2	3	4
2	felt that you were unable to control the important things in your life?	0	1	2	3	4
3	felt nervous and "stressed"?	0	1	2	3	4
4	felt confident about your ability to handle your personal problems?	4	3	2	1	0
5	felt that things were going your way?	4	3	2	1	0
6	found that you could not cope with all the things that you had to do?	0	1	2	3	4
7	been able to control irritations in your life?	4	3	2	1	0
8	felt that you were on top of things?	4	3	2	1	0
9	been angered because of things that were outside of your control?	0	1	2	3	4
10	felt difficulties were piling up so high that you could not overcome them?	0	1	2	3	4

此时，我邀请您思考以下问题：

1. 你今天感觉怎么样？
2. 你的压力源是什么？
3. 您有信心可以控制自己的压力吗？

4. 您可以使用哪些工具来有效地管理压力?
5. 如何预防抑郁和焦虑?

第九章 – 积极心理学

"心境轻松，寿命长。" ——莎士比亚

本章探讨生活方式医学的最后一个但可能是最好的支柱。如果我希望读者读完这本书后能够发生行为上的变化，那就是——我们的生活能够蒸蒸日上，获得幸福、满足和长寿。

积极心理学涉及人类在多个层面的功能和繁荣的科学，从生物、个人、关系、制度、文化到生活的全球维度（Seligman, M 和 Csikszentmihalyi M, 2000）。它强调使个人、社区、文化和组织繁荣发展的优势和美德，而不是关注问题、弱点、责任和功能障碍。因此，它与身体、情感和社会福祉相一致，并与有益于健康和长寿的行为相关。坎斯基和迪纳在 2017 年进行的一项研究中指出，更快乐的人往往会锻炼身体、系好安全带、吃健康有营养的食物，并避免饮酒和吸烟。这些健康的行为反过来又会增强幸福感、自尊心和积极情感，并引发健康生活方式和幸福感的上升螺旋。

什么才是真正的幸福？人类心灵中蕴藏着对美好感觉的渴望，我们的大多数（如果不是全部）活动都是为了产生愉悦和快乐的感觉。意大利语中表示"*幸福*"的单词之一是"contento"，它描述了幸福的内在本质。尽管物质的东西、财产或事件可能会引起短暂的兴奋，但幸福源自内心。亚里士多德在他的《尼各马可伦理学》中探讨了体验幸福的两种方式和*幸福伦理学*。在*享乐主义*中，幸福是通过优先考虑令人愉快的体验来最大限度地享受快乐。另一方面，据他说，有一种幸福是通过自我满足和按照自己的美德生活而实现的，并带来长期的繁荣。这被称为*幸福（eu-真实，daemon-次要神）*，通

过持续的活动或生活方式来发展我们最好的自我，最大限度地发挥我们的潜力，并努力追求卓越。

美国心理学家和教育家马丁·塞利格曼开发了一个幸福和健康框架，称为 PERMA 模型，其中包括：

积极情绪

订婚

积极的关系

意义，和

成就

积极情绪包括尽管面临挑战，仍然感觉良好、快乐并对事件的最终结果保持乐观的能力。**投入**，类似于一种"*心流*"状态，全身心地投入到当下自己喜欢的活动当中，比如跳舞、绘画、解决数学问题或难题、设计、做手术或者演奏乐器，时间似乎过得飞快。深厚而有意义的**关系**可以在困难时期提供支持，并满足人类与生俱来的联系和社交需求。**意义**，或*有目的的存在*，利用一个人的力量来实现超越自我的目标，比如照顾家庭、服务人类或崇拜造物主。最后，**成就感**或成就感是指致力于某件值得期待的事情，从而产生自豪感和满足感。

在1938年开始并持续进行的哈佛成人发展研究中，他们发现与幸福、健康和长寿相关的最重要的因素是*积极的社会联系*。在日常共享的积极体验中，例如分享欢笑、朋友或伴侣的积极回应，副交感神经系统会得到增强，催产素水平会增加，心率变异性也会增加，从而抵消压力和交感神经系统的影响。研究还表明，积极的关系与疾病更快康复、更高的认知能力以及心理健康和繁荣有关。

此时，我邀请您根据 PERMA 幸福和健康模型来评估自己。这里没有对错、好坏的答案，因为这将是您以后制定繁荣计划的基础；因此，如果您写上日期会有所帮助。这里最重要的是您在生活方式和长寿旅程中定期回顾这一点时所经历的进步以及进行的其他自我评估。

珀玛	问题	您的答案		
积极情绪	您觉得您的生活总体上还顺利吗？	😊	😕	☹️
订婚	您是否对自己所做的事情感到兴奋，有时甚至感觉忘记了时间？	😊	😕	☹️
关系	您在人际关系中是否感受到支持和满足？	😊	😕	☹️
意义	您是否感觉每天都在完成一项您独有的使命？	😊	😕	☹️
成就	你能完成每天所设定的目标吗？	😊	😕	☹️

幸福可以被看作是人类的一种附属物，就像肌肉或大脑一样，随着使用和锻炼而增长。那么，我们怎样才能锻炼幸福呢？即使我们感到无聊或者受伤，我们是否也要强迫自己感到快乐？可能不是，因为幸福只要得到适当的培养就会自发地从心底涌现出来。然而，我们可以通过培养感恩之心来获得幸福。每天结束时，写下当天至少三件让你感到非常高兴的事情。我的生活通常包括早晨的阳光和咖啡、每天与我互动并治愈的病人、我安全地接送的孩子们（他们也因为有妈妈而感到快乐

、鼓舞、满足和安全）、以及坐在花园的摇椅上一边看日落一边阅读我的人生愿景。

您能写下您生活中或自身方面的 5 到 10 件让您感到高兴的事情吗？至少一个月内，每晚睡前练习 15 分钟，并评估是否更容易感到快乐并"*满足于*"生活中的简单快乐。

这些让我今天很开心：
❖ _____
❖ _____
❖ _____
❖ _____
❖ _____
❖ _____
❖ _____
❖ _____

❖ _____

❖ _____

　　幸福和繁荣的另一个重要方面是希望，这是一种基于对积极结果的期望的乐观心态。考虑两个肥胖个体，Mara 和 Faith，他们的体重、身体质量指数、社会支持系统和能力相同。如果以 1 到 10 为标准，Mara 恢复体形的希望为 0，而 Faith 有 10 分，那么谁会多锻炼、少吃、寻找更多方法来实现目标呢？在里克·斯奈德于 1991 年开发的成人希望量表中，希望被分解为意志力（主动性），即你的内在能力或动机（*我能*），以及方式力（途径），即你的社会支持和实现目标的手段。我们来做一个简单的练习：想象一下你的一个目标，为了简化量表，你会如何在 1 到 10 的范围内评价自己的意志力和行动力？

意志力 10 9 8 7 6 5 4 3 2 1 0

威能 10 9 8 7 6 5 4 3 2 1 0

　　在思考了您在生活中感到幸福的事情、对结果的希望和对未来的计划之后，我邀请您根据 PERMA 模型的要素，每年制定一个繁荣的计划。下面是一个例子：

积极情绪	我会继续每天早晨沐浴温暖的阳光，下午看日落，满怀希望和感激地回顾我的计划。 我会继续去爱，并向我遇到的每个人分享美好的欢呼。

	我会继续听令人振奋和舒缓的音乐。
订婚	*我会做更多让我快乐的事情，比如画画、写诗和跳舞。*
关系	*我会倾听、理解并花更多时间陪伴我的孩子。*
意义	*我将以最大的关怀、专业和尊重对待我的病人。*
成就	*我会完成这本书，并继续写出对读者有益的书。*

我的蓬勃发展计划

	地位	我的计划
积极情绪	Launched	
订婚	In progress	

Rhodesia

	地位	我的计划
关系	Launched	
意义	In progress	
成就	Not started	

第 10 章 – 结论

"明智的人应该认识到健康是他最宝贵的财富。" ~希波克拉底

照顾好自己的健康确实是每个人对自己和社会的责任。根据世界卫生组织的定义,健康不仅仅是没有疾病或虚弱,而是身体上、精神上和社会适应能力的完全良好状态。尽管人类通过疫苗接种和抗菌药物在一定程度上战胜了传染性健康威胁,但现在的威胁已经转移到人类自身紧张而久坐的生活方式,这种生活方式受到超加工食品中的有害化学物质以及烟草、酒精和其他药物等成瘾物质的冲击。现代社会从那时起就受到癌症、冠状动脉疾病、中风和糖尿病等慢性疾病的困扰,这些疾病不仅缩短了寿命,而且带来痛苦并降低了人类的生活质量。相反,有些特定文化,例如蓝色区域,由于他们在日常生活中紧密结合健康的生活方式,即使在暮年也能保持长寿和高效。

那么,长寿的秘诀是什么?没有奇特的化学品、没有神奇的动作、没有咒语。古人比我们更了解这一点。它只是每天有充足的睡眠、水分、营养、身体活动和社交互动。这更多的是减去而不是添加任何特殊的成分。它是避免接触有害物质,如烟草和酒精、反式脂肪、超加工食品、单糖、长期压力以及缺乏身体活动或久坐的生活方式。

在电影《功夫熊猫》中,有这样一个场景:阿宝问平先生,他们的秘制面条汤的秘密配料是什么……而秘密配料根本就什么都没有!当阿宝终于得到能赋予他终极力量的龙卷轴时,他发现的只有一面自己的镜子。那么,什么能赋予我们终极的力量?这是我们每天要做的选择——运动还是不动,吃全食、植物性饮食还是罐装加工肉,睡眠充足还是为了最后期限而

熬夜，是否拥有有意义的关系，有目标还是漫无目的地游荡，吸烟还是不吸烟。最终，龙卷风就是我们每天所面临的选择，最终的力量仍然在于我们自己。

　　生活方式医学的六大支柱已经得到广泛研究，证明可以预防、治疗和缓解心脏病、中风、糖尿病和癌症等生活方式疾病，这些疾病是当今的主要死亡原因。第一个支柱是全食物、植物性饮食，它提供身体所需的维生素、矿物质和纤维，同时最大限度地减少卡路里和脂肪，并在一天中有限的时间内有意识地进食。第二个支柱是每周平均进行 150 至 300 分钟的中度体力活动，或每周进行 75 至 150 分钟的高强度体力活动，以增强我们的身体、心血管、肌肉和精神健康，让我们能够进行日常活动、从事爱好和激情活动而不会感到过度疲劳。第三个支柱是每天平均7-8小时的恢复性睡眠，可以使大脑、磨损的肌肉和其他组织和器官系统恢复活力。第四大支柱是避免烟草、酒精和其他成瘾药物等危险物质，这些物质会影响奖励通路和改变大脑的神经生物学和结构，从而削弱意志力，以至于渴望和成瘾最终导致危险活动并忽视个人和社会责任。第五个支柱是压力管理。压力在日常生活中是不可避免的，但可以通过冥想、正念、体育活动、阅读疗法、光疗和娱乐等活动来调节身体，以免因压力而紧张。最后但并非最不重要的支柱是连通性和积极心理学，它利用使每个人或社会通过积极情绪、参与导致心流状态的活动、积极的关系、意义或目的感以及实现既定目标而繁荣昌盛的优势。

　　无论健康生活方式的意图和蓝图多么善意，我们个人对改变的准备程度也应该考虑。跨理论模型中提出的行为改变阶段包括*前沉思阶段*，其中人们尚未意识到改变的必要性或愿意接受任何形式的改变。下一阶段是*沉思*　他现在已经意识到并接受改变的可能性，但仍然在权衡改变的利弊以及改变的方式和原因。接下来是*准备*　此阶段为个人逐步改变行为的阶段。接下来是*行动*　此阶段中，该人已进行行为改变 6 个月。以下是*维护*　行为改变持续至少 6 个月的阶段。最后，在*终止阶段*，这种行为已经灌输到人的系统中，以至于几乎没有可能再次回到以前不健康的生活方式。每个人在开始项目时可能处于其中任一阶段，并且可能以不同的速度进步。

此时，我邀请您填写下面的表格，再次评估您的准备情况，以及您对生活方式医学六大支柱的重视程度和信心程度，并制定相应的计划。请记住，SMART 计划是具体的、可衡量的、可实现的、现实的和有时限的。重申一下，行为改变的阶段包括：前考虑（我不会）、考虑（我可能会）、准备（我能）、行动（我会）、维持（我仍然会）和终止（我一直会）。每个支柱的重要性和信心水平都是独立衡量的，1 表示不重要或没有信心，10 表示极其重要和极其有信心。最后，生活方式医学的六大支柱是全食物植物饮食、体力活动、恢复性睡眠、压力管理、积极心理学和连通性。

	我的 SMART 计划	我的舞台	重要性级别	置信水平
全食、植物性饮食				
体力活动				

恢复性睡眠				
避免接触危险物质				
压力管理				
积极心理学与联结				

每天，都有一个习惯追踪器，你可以在上面勾选并提醒自己想要养成的健康生活习惯。请记住，养成一个习惯需要 21 天，形成一种生活方式需要 21 个月，所以对自己要有耐心。拥有健康的生活方式，为长久、有意义、健康、快乐的生活干杯！

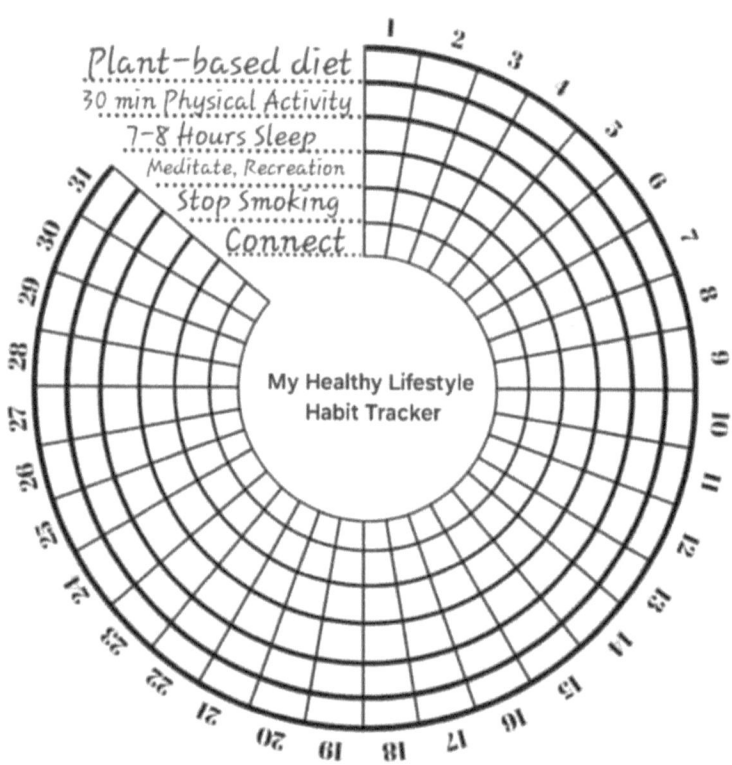

参考：

Camilleri M. 肠漏：人类的机制、测量和临床意义。肠道。2019年8月；68(8):1516-1526。DOI：10.1136/gutjnl-2019-318427。电子出版日期：2019 年 5 月 10 日。PMID：31076401；PMCID：PMC6790068。

Colditz, G., Hankinson, S.《护士健康研究：女性的生活方式和健康状况》。Nat Rev Cancer 5, 388‐396 (2005). https://doi.org/10.1038/nrc1608。

De Lorgeril M、Salen P、Martin JL 等人。地中海饮食、传统风险因素和心肌梗死后心血管并发症的发生率（里昂饮食心脏研究的最终报告）。1999 年 2 月 16 日。https://doi.org/10.1161/01.CIR.99.6.779 。循环。1999；99：779-785。

哈希姆扎德 M、拉希米 A、扎雷-法拉什班迪 F、阿拉维-纳埃尼 AM、

Daei A.健康行为改变的跨理论模型：系统评价。伊朗护理助产研究杂志 2019；24：83-90。

埃尔南德斯、罗萨尔巴等人。心理健康与身体健康：关联、机制和未来方向。情感评论 第 10 卷第 1 期（2018 年 1 月）18‐29 ISSN 1754-0739

DOI: 10.1177/1754073917697824。journals.sagepub.com/home/ er。

https://foodrevolution.org/blog/eating-the-rainbow-health-benefits/ 。访问日期：2024 年 6 月 27 日。

https://www.midlandhealth.org/Uploads/Public/Images/Slideshows/Banners/6%20Pillars%20-%20LMC.jpg 。访问日期：2024 年 6 月 27 日。

Mahmood SS、Levy D、Vasan RS、Wang TJ。弗雷明汉心脏研究和心血管疾病流行病学：历史视角。柳叶刀。2014 年 3 月 15 日；383(9921):999-1008。doi：10.1016/S0140-6736(13)61752-3。2013 年 9 月 29 日电子出版。PMID：24084292；PMCID：PMC4159698。

O'Donnell MJ Chin SL Rangarajan S 等人。32 个国家的急性中风相关潜在可改变风险因素的全球和区域影响 (INTERSTROKE)：一项病例对照研究。柳叶刀。2016；388：761-765。

Orlich MJ、Singh PN、Sabaté J 等人。基督复临安息日会健康研究 2 中的素食饮食模式和死亡率。JAMA 实习医生。2013；173(13)：1230 - 1238。doi：10.1001/jamainternmed.2013.6473。

Ornish D、Scherwitz LW、Billings JH 等人。彻底改变生活方式以逆转冠心病。贾马。1998；280(23)：2001-2007。doi:10.1001/jama.280.23.2001

菲律宾生活医学院。生活方式医学能力课程 2023。https://www.pclm-inc.org/lifestyle-medicine-competency-course-overview.html 。

糖尿病预防计划 (DPP) 研究组；糖尿病预防计划 (DPP)：生活方式干预的描述。糖尿病护理 2002 年 12 月 1 日；25 (12)：2165 - 2171。https://doi.org/10.2337/diacare.25.12.2165

Uribarri J、Woodruff S、Goodman S、Cai W、Chen X、Pyzik R、Yong A、Striker GE 和 Vlassara H. 食物中的晚期糖基化终产物及其在饮食中减少的实用指南。J Am Diet Assoc. 2010 年 6 月;110(6):911-16.e12。doi：

10.1016/j.jada.2010.03.018。PMID：20497781；PMCID：PMC3704564。

世界卫生组织。在初级保健中实施 5A 和 5R 简短烟草干预措施的工具包。2014 年。https://www.who.int/publications/i/item/9789241506946。

叶碧，孔 ID。生活方式医学的出现。J 生活方式医学。 2013 年 3 月；3(1):1-8。2013 年 3 月 31 日电子出版。PMID：26064831；PMCID：PMC4390753。

Yusuf，S 等人。52 个国家中与心肌梗塞相关的潜在可改变风险因素的影响（INTERHEART 研究）：病例对照研究。2004 年 9 月 3 日 http://image.thelancet.com/extras/04art8001web.pdf。

关于作者

罗德西亚

罗德西亚是一名菲律宾女医生、作家、画家、前医学生物化学教授和诗人。在她作为医生在急诊室工作了近二十年的时间后，她的写作事业开始退居次要地位。后来，她作为创始学院秘书和医学生物化学助理教授为建立医学院做出了贡献。在新冠肺炎疫情期间，她帮助一家私营公司制定并实施检测、隔离和病例管理协议。作为首席医师，她重建了产房，以保护准妈妈和新生儿免受冠状病毒的侵害。目前，她致力于成为两个孩子的慈母，通过远程咨询为他人福祉做出贡献，同时重新燃起对写作的热情。她是菲律宾生活方式医学学院和菲律宾高血压学会的成员，也是菲律宾学术生物化学家学院的外交官。

www.ingramcontent.com/pod-product-compliance
Lightning Source LLC
LaVergne TN
LVHW041221080526
838199LV00082B/1872